精選圖書畫

鈴乃的腦袋瓜
媽媽代替自閉症（ASD）的鈴乃寫給大家的信

文：竹山美奈子 ｜ 圖：三木葉苗 ｜ 監修：宇野洋太 ｜ 翻譯：林劭貞

總編輯：鄭如瑤 ｜ 文字編輯：姜如卉 ｜ 審訂：宋維村（天主教若瑟醫療財團法人若瑟醫院顧問／小兒心智科主治醫師）
美術編輯：莊芯媚 ｜ 印務經理：黃禮賢
社長：郭重興 ｜ 發行人兼出版總監：曾大福 ｜ 出版與發行：小熊出版・遠足文化事業股份有限公司
地址：231 新北市新店區民權路 108-2 號 9 樓 ｜ 電話：02-22181417 ｜ 傳真：02-86671851
劃撥帳號：19504465 ｜ 戶名：遠足文化事業股份有限公司 ｜ 客服專線：0800-221029
E-mail：littlebear@bookrep.com.tw ｜ Facebook：小熊出版
讀書共和國出版集團網路書店：http://www.bookrep.com.tw
法律顧問：華洋國際專利商標事務所／蘇文生律師 ｜ 印製：凱林彩印股份有限公司
初版一刷：2018 年 12 月 ｜ 初版二刷：2021 年 2 月 ｜ 定價：300 元
ISBN：978-957-8640-63-4

SUZUCHAN NO NOUMISO
JIHEISHO SPECTRUM（ASD）NO SUZUCHAN NO, MAMA KARA NO OTEGAMI
Copyright©2018 by Minako Takeyama & Hanae Miki
First Published in 2018 by IWASAKI PUBLISHING CO., LTD.
Complex Chinese Character rights © 2018 by Walkers Cultural Co., Ltd. / Little Bear Books
arranged with IWASAKI PUBLISHING CO., LTD. through Future View Technology Ltd.

小熊出版官方網頁　小熊出版讀者回函

鈴乃的月`"`代公

媽媽代替自閉症（ASD）的鈴乃寫給大家的信

文・竹山美奈子　　圖・三木葉苗

監修・宇野洋太　　翻譯・林劭貞

自閉症的鈴乃沒有辦法說話。

這本圖畫書是鈴乃媽媽代替鈴乃，

為了向幼兒園的小朋友與老師們表達謝意而寫的信。

鈴乃雖然已經就讀
幼兒園大班的百合班，
卻還不會說話，
也不太會使用湯匙。

常常突然間又哭又笑，
有時候還會咬牙切齒。

鈴乃的手常常會不自覺的搖晃，
整張臉變得很奇怪，還會不停的轉圈。
不論是什麼動作，都好奇怪啊！

為什麼會這樣呢？

這是因為打從出生開始，
鈴乃的腦袋瓜就和別人有點不一樣。
醫生是這麼說的喔！

腦袋瓜在我們的頭裡面，
發出「嗶嗶嗶」的指令，
讓我們做出各式各樣的動作。

鈴乃出生時，
腦袋瓜的運作方式就有點不同。
「嗶、嗶—嗶———」
鈴乃腦袋瓜發出的指令，
有時候和大家不太一樣呢！

所以鈴乃不會說話，
也不太會使用湯匙。

一旦想起很久以前做過的惡夢，
就會突然哭出來。

但是，
如果想起更早之前開心跳舞的情景，
瞬間又會哈哈大笑。

和大家比起來，
鈴乃聽到的聲音更大聲，
讓她的耳朵感到刺痛。

和大家比起來，
鈴乃覺得夏天的太陽更加炎熱，
讓她的身體感到疲倦。

這一切都是因為鈴乃的腦袋瓜
沒辦法發出很好的指令。

鈴乃有時候會一邊哭，
一邊咬牙切齒，
這也是因為此時的她，
比大家都更感覺到痛苦與難受。

鈴乃一下子哭，一下子生氣，
老師會讓她聽聽喜歡的歌曲，
把她帶到小房間裡，
「咚咚咚」輕輕拍著她的背。

這樣，鈴乃的腦袋瓜就會發出
「沒事了、不要緊」的指令，
讓鈴乃安心的綻放微笑。

有時候鈴乃的手會不自覺的搖晃，
做出奇怪的動作。

這是因為鈴乃的腦袋瓜發出
「搖晃雙手」的奇怪指令。

鈴乃並不曉得為什麼會這樣，
也沒有辦法停止動作。

像鈴乃這樣的腦袋瓜，
沒有藥可以醫治。
腦袋瓜沒有辦法發出很好的指令，
這就是所謂的「障礙」。

有障礙的人，

不論多麼的努力練習運動或說話，

都沒有辦法像一般人一樣正常的表現。

有時候看起來正常的表現，

都是他們花了很長時間的努力。

但有時候即使做了很多練習，

還是有可能做不到。

鈴乃從三歲起，
就開始練習運動與說話。

現在六歲了，
好不容易才達到幼幼班的程度，
表現出和一歲半小朋友差不多的能力。

大家都把鈴乃當作小妹妹一般疼愛，
而鈴乃的腦袋瓜裡，
的確就像小妹妹一樣的程度喔！

鈴乃雖然是幼幼班的程度，
但有時候也會表現出六歲小朋友的樣子。
順暢的使用湯匙，從滑梯上溜下來。

這是因為鈴乃模仿大家，
經過努力練習之後，
好不容易表現出來的。

微微張開的鼻孔，
就是鈴乃有點得意的表情，
因為能和大家做出一樣的事情，
她會覺得非常高興。

鈴乃也喜歡看到
大家唱歌跳舞的樣子。

在我們家的鏡子前，
鈴乃會模仿大家唱歌和跳舞，
這都是在幼兒園裡發生的景象吧！

腦袋瓜真的很有意思。

大家的腦袋瓜發出「嗶嗶嗶」
這樣又多又快速的指令，
身體就可以完成各式各樣的動作。

畢業之前的運動會，
大家踩著高蹺，做得很棒呢！

從四月開始，
就到小學的場地努力練習，
大家的腦袋瓜發出好多好多
「嗶嗶嗶嗶嗶———」的指令。

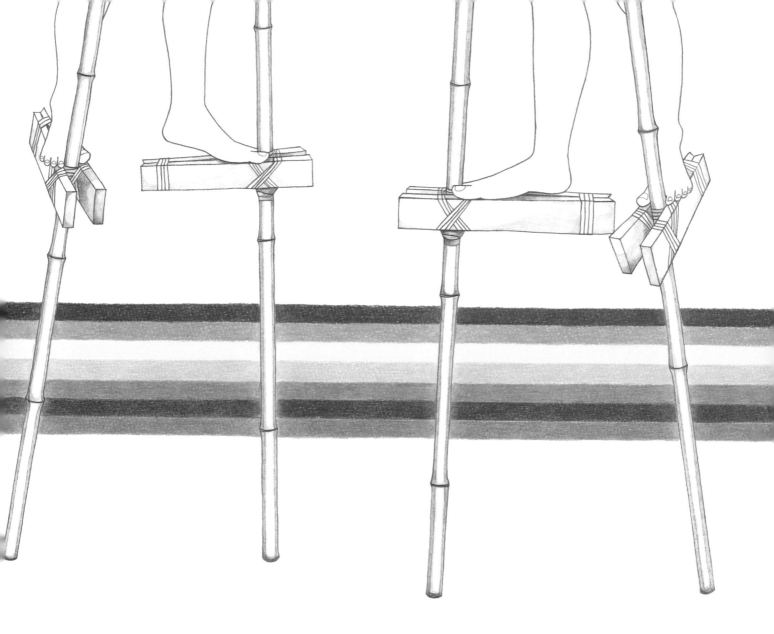

要畢業了，
鈴乃沒辦法和大家一起上小學，
她必須就讀特殊教育學校，
繼續練習運動與說話。

大家曾經帶著鈴乃騎三輪車，
因為鈴乃不太會騎，
大家陪著她，耐心的等候，
不小心擦破皮，還是默默的忍耐。

我永遠都不會忘記這件事！
給大家添麻煩了。
在此，謝謝大家。

就算與大家分開了，
鈴乃的腦袋瓜裡還是會記得大家的。
成為小學生，或是年紀更大的時候，
當鈴乃突然間想起大家時，
一定會很開心，然後哈哈大笑。

未來如果在路上重逢，
即使鈴乃很有可能裝作不認識你們，
但其實她的心裡都記得很清楚喔！

幼兒園的小朋友與老師們，
鈴乃如果會說話，一定也想這樣說：
「謝謝！能認識大家，真好。
能與大家相逢，真好。」

附 錄 自閉症的主要特徵

　　此處特別增錄自閉症的主要特徵，以及作者對於鈴乃案例的介紹。

　　鈴乃在一歲前，都像育兒書上所說的成長情況一樣。開始走路時，手會不自覺的搖晃。揮手說再見時，手心會向著自己，也就是做著逆向的揮手姿勢；走路時長時間踮腳尖站立；當床單的顏色或觸感改變時，就沒有辦法扶著走路。到了一歲半，還是不會說話，也無法靈活的使用手指。那時候我們猜想，她可能有自閉症，於是開始讓她接受相關的療育課程。

　　鈴乃在一歲六個月接受兒童健診訪談時，被觀察出具有強烈固執己見與好動等特質，但由於她對喜歡的人仍會有目光接觸，所以當時訪談人員表示「要進一步觀察」。兩歲時，接受保健中心的個別發展訪談，判定結果是「要小心注意」，並介紹我們前往設有兒童發展科的醫院諮詢。等了半年，才等到綜合性的初診。三歲時，被診斷出有自閉症（Autism Spectrum Disorder，自閉症類群障礙，簡稱ASD）。五歲時，接受再度判定，判斷出她有重度的智能障礙。

　　現在的鈴乃已經是二年級的小學生，但是發展檢查的結果判定，她只有一歲半的發展程度。會說一些簡單的單字，卻沒辦法真正的說話表達。一般所謂的自閉症，乃是包括媒體上常常報導的亞斯伯格症（Asperger Syndrome，簡稱AS），以及高機能型（智能沒有受到損害）的統合診斷名稱。

　　長久以來，並沒有判定自閉症的全面性方法。因此這裡記載的特徵，是以一般常說的自閉症主要特徵為基礎，再加上我自己蒐集的資料，以及與鈴乃一起生活的體悟，所整理記載出來的。希望有助於幫助大家更全面的了解自閉症與其相關的症狀。

p.2～3

- 自閉症者常被發現在一歲半到三歲前仍不會說話，或有說話遲緩的現象。
- 與同年齡孩子相比，自閉症者在運動與動作方面的表現較差。
- 自閉症者對於記憶與訊息處理的情況不太一樣。他們對任何訊息都有很鮮明的感受，以至於除了正常的訊息讀取，也會有訊息過多的情況發生。有時候他們回想起某些訊息時，會突然又哭又笑，有時候則會突然恐慌或發脾氣。

p.4～5

- 自閉症者常會出現手不自覺搖晃、蹦蹦跳跳、轉圈圈、不正常的斜視等「常同症狀（反覆的動作或姿勢）」，或是無意識的感官動作。當他們遇到刺激過多的情況時，透過做出這些舉動，才能讓他們保持冷靜。因此，只要是處於沒有任何危險或不妥的場合，盡可能不要強硬阻止他們的舉動。
- 自閉症雖然是因為出生時大腦處理訊息的機能產生問題，但後天的養育或性格上的差異也會造成不同的情況。

p. 6~7

- 接收語彙、聲音、味道、痛感、溫度等一切訊息，加以理解這些訊息後，再把相應的指令傳送至全身，這一切都仰賴我們的大腦。自閉症者在這方面的運作方式和一般人不太一樣。
- 雖然自閉症沒有治療或治癒的方法，但目前相關單位已在檢討該如何加強、矯正、補足自閉症者的不擅長。兒童發展專門機構針對兒童發展的檢查，來了解發展的狀況。自閉症孩童若能接受醫生、心理師、職能治療師、物理治療師和語言治療師的療育，學習與社會生活相關的技能，發現能活用於生活上的策略方法，都將有助於他們學習自立。

p. 8~9

- 很多記憶在自閉症者的腦海裡不會被遺忘，甚至是非常清楚且明確的留存著。
- 多數自閉症者有著過人的視覺記憶，只要回想起曾經發生的事，即便是在很久以前發生，仍會突然間又哭又笑。
- 自閉症者常有無法停止狂笑或流淚的時刻。原因在於腦部機能發生問題，而無法自我控制。

p. 10~11

- 多數自閉症者具有「感覺過敏」。對於聲音、光線、氣味、味覺、肌膚等刺激特別敏感，過敏種類與程度因人而異。在療育機構或特殊教育學校裡，常會見到戴著耳塞或耳罩的孩子。
- 許多自閉症者的身體並不擅長調節體溫。炎熱的夏天裡，鈴乃的體內會囤積熱氣，體溫有時候甚至會高達38度左右。
- 感覺過敏與無法調節體溫造成的不舒適感，會使自閉症者發出怪異聲響、做出奇怪舉止，或是傷害自己或他人的行為，也會產生恐慌或暴怒的情緒。

p. 12~13

- 當自閉症者出現恐慌或暴怒情緒時，其實是他們正在試著平靜或放鬆。若大聲斥責，容易出現反效果。此時可以使用肯定且簡短的語彙，平靜的講道理，讓他們理解並引導他們做「應該做的事情」，而不是告誡他們「這些事情不可以做」。
- 當自閉症者需要冷靜放鬆時，為了阻隔不必要的刺激與訊息，可以帶他們到小房間或是有簾幕、隔間的區域，留意不要讓他們傷害自己。聽聽音樂，引導他們做喜歡的感覺想像，平靜下來。像是鈴乃喜歡別人拍拍她的背，這樣就能感到安定。

p. 14～15

- 自閉症者所謂的「常同症狀」，除了手不自覺的搖晃之外，還有拍手、手指不停敲打東西、重複排列物品、在同一個地方不斷來回、身體不停搖顫等行為，狀況因人而異。
- 遇到喜歡的事物時，自閉症者有時候會從冷靜的情緒變成興奮，有時候也會遇上需要安撫焦躁情緒的狀況。如果想要停止他們的激動或焦躁，可以試著引導到其他有興趣的事物來轉移情緒，而不要強硬的阻止。

p. 16～17

- 遇到自閉症者傷害自己或他人的激烈情況時，雖然可以先讓他們服藥，藉此安定情緒，然而此時此刻依舊沒有完全治癒自閉症的方法。
- 目前普遍公認有效療育自閉症的方案為「TEACCH」。具體來說，便是為了活化自閉症者視覺理解的強度，藉由圖卡之類視覺輔助工具的運用，讓他們能夠全面的理解並安全使用生活環境中的各項措施，以達成為他們營造無障礙社會環境所做的各項考量。

p. 18～19

兒童發展檢查一般是以「相當於幾歲幾個月的發展程度」或「智力商數（IQ）」等來判定，同時也會根據孩童對於語彙的知識與理解、無法用語彙表達的圖像、對於數量與數學的理解，或是其運動或身體相關情況的檢查來判定。根據這些判定其強項或不擅長之事，來預測將來可能遇到的發展問題，目的是幫助療育或行使正常生活。自閉症者和其他孩童相比，「這項辦不到，那件事辦得到或知道」之類的情況差異特別多。發展程度的高低與是否能將某項能力表現出來，具有很大的關聯性。

p. 20～21

- 雖然鈴乃手部活動的靈巧度、對於語言的理解與表達能力都比同齡的孩子來得低（在幼兒園大班時，被判定其發展程度只有一歲半），但是她屬於可以判斷情況或模仿他人的類型。每天重複見到朋友，鈴乃依舊有許多不同的感受。
- 很多自閉症者缺乏面部表情、喜歡一個人獨處、不擅長參與與他人相關的活動。不過像鈴乃這樣愛笑、表情豐富的孩子也很多。

p. 22~23

- 自閉症者由於感覺敏銳、記憶結構獨特，很多人不僅喜歡甚至十分擅長音樂、跳舞、繪畫等，擁有充滿創意的才能。
- 對於自閉症者來說，無論是很久以前的記憶或是剛剛發生的記憶都無法消失，這些記憶在同一個地方整理儲存。有時候他們會突然表現出對從前記憶的反應，這是很自然的現象。鈴乃也是一樣，不論是多少年前學過的歌曲或舞蹈，常常會突然表現出來，十分驚人。

p. 24~25

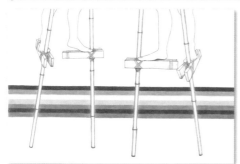

在幼兒園畢業前的最後一次運動會，大班小朋友一同進行特有的踩高蹺活動，但鈴乃卻無法參加。因為赤腳踩在堅硬木頭上的觸感，讓鈴乃感到非常不舒服，加上位在高處的不安定感，讓她感到害怕。另外，踩高蹺時四肢與身體必須保持平衡等動作，這些對於感覺過敏且身體虛弱的自閉症者來說，都是沒有辦法勝任的。而百合班的小朋友們可以輕鬆快樂的完成這項活動，能夠如此耀眼的成長，實在是太好了！

p. 26~27

自閉症者常出現恐慌或暴怒的情況，有時候適合貼近他們，有時候則適合讓他們獨自冷靜。每天和鈴乃相處的小朋友們，對於這種情況不但能自然的理解，甚至能視情況做出不同的應對。有一天早上，鈴乃把東西放進學校寄物櫃時，突然發出憤怒的聲音。為了阻止鈴乃的脾氣暴發，小朋友們把鈴乃帶到庭院裡，讓她坐到三輪車上，載著她到處晃晃。小朋友們不必報告老師，就成功阻止了鈴乃發脾氣。鈴乃看似面無表情，但她眼睛是在微笑著的，而其他小朋友們則是滿面笑容。那真是一幅令人難以忘懷的光景。

p. 28~29

- 許多自閉症者不擅長辨識人臉。如果同一個人，但他出現的場所、服裝或髮型改變，自閉症者可能就會認不出來。
- 鈴乃對於臉孔辨識的能力稍微好一點，如果在幼兒園以外的場所碰到朋友或老師，她會出現「這位是誰？」的表情，回頭注視端詳，然後笑出來。
- 鈴乃如果度過了開心的一天，當天晚上睡覺時便會笑出聲，隔天起床後，臉上還會出現彷彿說著「昨天很開心」般的笑容。雖然不會說話，但鈴乃內心的想法與感受是確實存在著的。

「嗯，鈴乃媽媽，為什麼鈴乃已經百合班（大班）了，卻還不會自己穿鞋呢？為什麼她還不會說話呢？」

「鈴乃從出生的時候，生長發育的問題就開始慢慢變得嚴重。因為沒有藥可以醫治，自己穿鞋或說話這些事，必須多多練習才辦得到。雖然她現在已經大班了，但其實她的能力只有幼幼班（一歲）左右的程度。醫生是這麼說的喔！」

「原來是這樣。鈴乃媽媽每天都很辛苦吧！再見囉，鈴乃！」

以上是去幼兒園接鈴乃下課時，和中班小朋友的對話，這也是大人不好意思問的問題。小朋友們和鈴乃相處得很好，很了解鈴乃的狀況，他們這麼問的理由很單純，完全是出於天真的疑問。我當時立刻發現，原來我把事情想得太複雜了。

小朋友們雖然不知道這種障礙的特徵，卻也能夠理解鈴乃似乎不太擅長應付天氣和氣壓的變化。小朋友們會向我報告：「今天鈴乃脾氣很壞。應該是因為下雨天讓她很不舒服。」

最近，越來越多人發出「自閉症不是個性上的缺陷，自閉症孩童也和大家一樣」的聲音。就像我們不會對癌症病人說「癌症是一種個性缺陷」，自閉障礙也和其他疾病一樣，是伴隨自閉症出現的特性。比起正常健康發展的孩童，自閉症者更需要自身的努力與家人的支持。正因如此，幼兒園小朋友們「就算和自己不一樣，也可以當好朋友」這種自然的接納心態，真的令人感到欣慰。

不論我們夫妻給予鈴乃多少支持，鈴乃還是需要在每天與其他小朋友的對話中獲得成長的助益。小朋友們年紀雖然小，卻是值得信賴的理解者與支援者。

幼兒園畢業之後，鈴乃即將前往特殊教育學校就讀，得和大家分別，小朋友們一定對於「鈴乃之謎（障礙）」感到好奇。因此在畢業之前，為了向那些小小的理解者與支援者致意，我把想要對大家說的話，寫成一封信。然而，對著一群幼兒園小朋友讀信實在太無趣了，於是便想到利用圖畫講述故事（紙芝居）的做法，請Bonami工坊的插畫家三木葉苗女士繪圖、三木咲良小姐題字、Package印刷製作的杉山聰先生幫忙，於2016年3月自費出版了紙芝居。

講述故事的那天，小朋友們聽故事的認真程度令人驚奇，不時展露出笑顏。故事讀完之後，小朋友聚在一起，翻看著這些圖畫，問著「圖裡的那個人是誰呢？」，並且一起回憶美好的片刻。多虧了小朋友們回家向家人述說，讓這封信得以在幼兒園畢業典禮上向更多的朋友們分享。在家長與朋友的口耳相傳之下，幼兒園、小學、圖書館、當地學校社群、社會福利機構、障礙者美術與自閉症啟發活動團體等，紛紛表達想要更加活用這套紙芝居圖畫，將其變成圖畫書的意願。在與日本岩崎書店相談後，終於促成這本圖畫書的出版。

自閉症又被稱為「自閉症類群障礙」（Autism Spectrum Disorder，簡稱ASD）。乍看之下，自閉症的特徵從一目了然到令人費解都有，但自閉症特徵的本質是什麼？會以何種形式表現？可說是包羅萬象、因人而異。因此借用形容彩虹顏色的「光譜（spectrum）」一詞來形容自閉症類群障礙。從「自閉」這個字面上來看，常被認為是心理層面的問題，但實際上卻是大腦機能的問題。這個故事裡如實描述了我的女兒鈴乃的樣

子，因為長期以來大家對於自閉症（ASD）並不是非常了解，所以我也在附錄裡放入了對應內容的自閉症簡單說明。讀者們可以細心的閱讀這些相關說明。

接受融合教育（inclusive education）與正常化（normalization）教育的孩子們，以及營造這種學習環境的老師與家長們，我非常感謝你們。在此致上衷心的謝意，真的非常謝謝你們。不論孩童是否有學習障礙，在大腦或身體的發展上，都需要各種成長條件的配合。每個孩子都有可能碰到各種困難與煩惱，我衷心祈願這些懷抱著美好感性與善良的孩子們，都能與自己和朋友們相處融洽，做出各種值得驕傲的事情，過著精采豐富的生活。

謹向靜岡縣三島市立綠町佐野幼兒園 2016年3月畢業的百合班小朋友們、老師、各位家長，以及與紙芝居及圖畫書出版相關的各位，致上最深的謝意。

——竹山美奈子

繪者的話

小時候，曾有一次臨時代替媽媽前往車站迎接放學的妹妹，我站在售票機附近的柱子旁等候，有著黃色學校標誌的校車緩緩開過來。我看見坐在校車內靠窗位子的妹妹，也看見坐在其他位子上的同學們，妹妹雖然沒有和任何人說話，臉上卻浮現微笑。

校車停好之後，妹妹拿起自己的東西站起來，與老師示意「再見」，步下校車臺階。見到那樣的景象，我的胸口頓時灼熱起來，必須拚命忍住，溢滿眼眶的淚水才不會流下來。不能被其他來接送小孩的媽媽們發現啊⋯⋯不能被妹妹發現啊⋯⋯

* * *

我的妹妹，出生後就和鈴乃一樣有自閉症。現在的她已經過了三十歲，卻和鈴乃一樣，不會說話。妹妹無法說出關於回憶的任何事情，小時候的我也有和妹妹一起的回憶，但好像自然而然的就被忽略了。當時，我覺得妹妹應該沒辦法交朋友，我覺得我會是妹妹唯一的朋友。

然而，在校車裡，是一個沒有我、只有妹妹的世界。那個世界裡有我不知道的人、我不知道的日常生活，而妹妹活在那個世界裡。雖然事情已經過了二十年，但現在一想起這件事，我的胸口依然灼熱了起來。

透過這本紙芝居圖畫書，我被鈴乃的「回憶」觸動了。描繪著鈴乃和小朋友們騎著三輪車的畫面時，我的胸口依然灼熱。將來，鈴乃很可能說不出有關那一天的回憶。再過不久，很可能誰都想不起有關那一天的事情。即使如此，那一天的事情卻是真真實實的發生過呢！

——三木葉苗

監修者的話

鈴乃的手常常會不自覺的搖晃，
整張臉變得很奇怪，還會不停的轉圈。
不論是什麼動作，都好奇怪啊！
為什麼會這樣呢？

（內文第5頁）

曾經在某一天，偶然的和一位與鈴乃一樣動作很「奇怪」的人，就只有我們兩個人，一起度過了一天。那是我經過深思熟慮而參加的一場小組活動，對於當時才剛上大學的我來說，是衝擊性非常大的經驗。

當時和他一起做的事情還算簡單，但那種心裡不舒服的感覺卻很不一樣。他的一舉一動，都在我心裡留下「怎麼會這樣？」、「該怎麼辦才好？」的疑問。一整天過去，我的疑問仍然沒有獲得解答。

檢視我的心中，若有什麼無法用常識或知識理解的事情，大概就是那一天的事吧！在那之後，直到現在的生活，都與這個族群的人有所關聯。現在回想起來，那場衝擊的瞬間，在我內心儼然拓展出一個嶄新豐富的世界。

「自閉症（ASD）常被視為異文化。」

「所謂自閉症，在我們的文化中，是一群生活在異文化中的人。」

我覺得這樣的描述十分精確。

自閉症者的文化很不一樣，他們感受與認知事物的方式，都因為大腦機能不一樣而有所不同。因此，有時候他們會表現出極有魅力且獨特的一面，和他們相處起來很愉快。但另一方面，由於他們的確與常人有所不同，他們本身或家人都背負著極大的辛苦，因此也會有所謂障礙的情況出現。

文化的不同，本來就是因為多數派與少數派的差異，而與優劣無關。但無論怎麼說，所謂「他者」，多多少少生活在不同的文化之中。只是在與周圍的關係中，這種差異有時會散發魅力，有時卻會造成困難。

沒有人生來會因為別人有著與自己不同的膚色、背景或信仰而憎恨他人。人們的憎恨必定是學習而來的。如果人們能學習憎恨，那麼一定也可以被教導去愛，因為愛遠比恨更能自然而然的贏得人心。

——曼德拉《漫漫自由路：曼德拉自傳》
（*Long Walk to Freedom：The Autobiography of Nelson Mandela*）

就像鈴乃就讀幼兒園的同學一樣，小朋友們本來就能自然的認同個別的文化差異。每個人都是從個體開始，慢慢認知他者的文化，形成彼此尊重融合的群體，逐漸與社會產生聯繫。每個人都在這樣的過程中，學到很多事情，慢慢成長為大人。

我在從事診療的工作中，從各個孩子的情況中體會到，我們大人常常過度拘泥於「常識」，每天一不留神，彷彿完全忘記要尊重個別的差異（多樣性），有時候甚至會加以反對。

小朋友接觸自閉症者，在這樣的文化學習中，不只對於自閉症，對於與人相關的多樣性及尊嚴等問題，也會有較多的關懷與同理心。

從鈴乃與幼兒園裡小朋友們交流的情況看來，我認為你的小孩與家人若在日常生活中經歷與各種重要異文化的交流，除了能增進對自閉症的了解，也許還能找到讓生命變得更豐富的線索。鈴乃與孩子們的健康成長，是我作為一名臨床醫師的衷心祈願。

——宇野洋太

推薦者的話

愛與接納，必須從了解開始。推薦給您這本生動有趣又實用的自閉症圖畫書，無論是用來做校園自閉症宣導，或是選為家長的讀書會，都是最棒的教材！

從接到為《鈴乃的腦袋瓜：媽媽代替自閉症（ASD）的鈴乃寫給大家的信》寫導讀的任務之後，我就開始回想：「當初我是怎麼知道自己的孩子是自閉症的？」、「當我的孩子被診斷為自閉症之後，我是如何了解什麼是自閉症？」、「當老師同學們不了解我的孩子時，我又做了什麼事？」越想就越惶恐，似乎在我的一知半解當中，孩子的成長遇到了很多狀況，而這些狀況其實是可以預防的……最後得到一個答案，當時如果有這本圖畫書就好了！

給小朋友以及所有想認識自閉症的人：

這本圖畫書的一開始，鈴乃媽媽就用深入淺出的方式，描繪出鈴乃的狀態——不會說話、也不太會使用湯匙，常常突然間又哭又笑，有時候還會咬牙切齒……從事自閉症家庭服務近20年，個人也常受邀到各級學校、團體分享「認識自閉症」相關的議題，在做班級輔導時，尤其是要讓學校裡的小朋友能夠理解「什麼叫自閉症」，實在不是一個簡單的任務。沒想到鈴乃媽媽能夠如此的簡單，就讓讀者馬上勾勒出一個清楚的形象，真是太厲害了！

接著鈴乃媽媽又說：「為什麼會這樣呢？這是因為打從出生開始，鈴乃的腦袋瓜就和別人有點不一樣。醫生是這麼說的喔！」，並用「嗶嗶嗶」和「嗶、嗶—嗶———」為例，說明鈴乃因為具有這些特質產生的影響及表達的方式，包括因為障礙而學習緩慢；情緒延宕所以會莫名又哭又笑；感官敏感以致身體刺痛或疲倦，讓讀者了

解！鈴乃有時候會一邊哭，一邊咬牙切齒，這也是因為此時的她，比大家都更感覺到痛苦與難受」。對於感官正常的我們，是無法理解為何一個自閉兒，會有那麼多異於常人的舉動，看到這裡，相信大家都會有著「啊！原來如此。」的感覺。

給家有自閉兒的爸爸、媽媽：

在圖畫書裡，鈴乃媽媽除了說明鈴乃開心及不開心時的樣子，最重要的是她同時告訴大家當鈴乃情緒不佳時，「老師會讓她聽聽喜歡的歌曲，把她帶到小房間裡，『咚咚咚』輕輕拍著她的背」，這也是在親師溝通非常重要的一環。媽媽提到了鈴乃的進步，這也是要提醒我們，只要給他機會、用心教導，孩子仍然會漸漸的進步，但鈴乃最後仍然選擇就讀特殊教育學校，這也告訴我們，讓孩子安置在適當的地方學習才是最重要的。

最後鈴乃媽媽謝謝幼兒園的老師和小朋友們的幫助，在在說明融合教育的重要，或許，鈴乃在您的生命中只是一名過客，但是在鈴乃和媽媽的心裡，您將會是永遠的貴人，同為自閉症媽媽的我，也藉此說聲：「謝謝！能認識大家，真好。能與大家相逢，真好。」

—— **柯白珊**（臺北市自閉兒社會福利基金會慈祐發展中心主任）

文╱竹山美奈子

出生於日本大阪府堺市。就讀小學與中學時的環境注重普通學校與特別支援學校（當時稱「養護學校」，臺灣稱「特殊教育學校」）之間的日常交流，周遭常有身心障礙的朋友。中學二年級時，隨著父親職務的調動，全家搬遷至靜岡縣三島市。

從靜岡大學的小學教師培訓課程結業後，前往教育類書刊出版社工作，在專門負責蒐集有關中高年級學生與其照顧者資訊的雜誌中擔任企畫、編輯、撰寫、書籍設計、行銷、人事、宣傳活動等事務。因為女兒鈴乃有自閉症伴隨重度智能障礙，在鈴乃開始上學後，美奈子便辭去了工作。

2014年，《小櫻與卡多利》、《親愛的妹妹》（dear my sister）原畫展在Bonami（法語「好朋友」之意）工坊推出，內含的世界觀引發感動與共鳴。2015年9月，Bonami工坊負責插畫事宜，以原畫為基礎而製作推出「鈴乃的腦袋瓜」紙芝居（一種將故事內容繪製在紙上，藉此說演故事的表演方式）。2016年3月，美奈子自費出版紙芝居。

圖╱三木葉苗

出生於日本神奈川縣足柄下郡真鶴町。是位詩人也是插畫家，其夫婿杉山聰從事活版印刷與手工書的製作。夫妻倆與有自閉症伴隨重度智能障礙的妹妹三木咲良，三個人一起在真鶴町的Bonami工坊從事創作活動。

葉苗雖以詩人為目標，但為了與無法說話的妹妹三木咲良溝通，便開始自學插畫。

《喜歡把紙剪碎的薩庫爾》、《小櫻與卡多利》、《親愛的妹妹》（dear my sister）等書，都是以三木咲良為主角原型而製作的圖畫書。《給每一天的信》則是葉苗從與妹妹咲良一起生活的經驗中，發想出來的感性詩集。

監修╱宇野洋太

出生於日本兵庫縣神戶市。是位兒童精神科醫生和醫學博士。

大學時代偶然參加一個與自閉症孩童們度過一天的小組活動，從此便與自閉症結下不解之緣。之後，更選擇從事兒童精神醫科方面的療育與支援工作。

大學畢業後，曾任職於東京醫科齒科大學醫學部附設醫院精神科、東京都立梅丘醫院、名古屋大學醫學部附設醫院親子心靈醫療科等。目前任職於橫濱發展診所與英國巴斯大學心理系（Department of Psychology, University of Bath）。此外，也從事勞工就業機構、福利機構、兒童日間照護機構的顧問與特約醫師工作。

翻譯╱林劭貞

兒童文學工作者，從事翻譯與教學研究。喜歡文字，貪戀圖像，人生目標是玩遍各種形式的圖文創作。翻譯作品有《你的一天，足以改變世界》、《經典傳奇故事：孫悟空》、《月球旅行指南：小兔子的月球之旅》等，以及插畫作品有《魔法湖畔》、《魔法二分之一》、《天鵝的翅膀：楊喚的寫作故事》（以上皆由小熊出版）。

裝幀設計╱椎名麻美　　封面題字╱三木咲良